미나리는
사철이요

장다리는
한 철이네

# 미나리는 사철이요 장다리는 한 철이네

**초판 1쇄 인쇄** _ 2022년 4월 1일
**초판 1쇄 발행** _ 2022년 4월 5일

**지은이** _ 박이도

**펴낸곳** _ 바이북스
**펴낸이** _ 윤옥초
**책임 편집** _ 김태윤
**책임 디자인** _ 이민영

ISBN _ 979-11-5877-290-1 03810

**등록** _ 2005. 7. 12 | 제 313-2005-000148호

서울시 영등포구 선유로49길 23 아이에스비즈타워2차 1005호
**편집** 02)333-0812 | **마케팅** 02)333-9918 | **팩스** 02)333-9960
**이메일** bybooks85@gmail.com
**블로그** https://blog.naver.com/bybooks85

책값은 뒤표지에 있습니다.
책으로 아름다운 세상을 만듭니다. — 바이북스

미래를 함께 꿈꿀 작가님의 참신한 아이디어나 원고를 기다립니다.
이메일로 접수한 원고는 검토 후 연락드리겠습니다.

| 박이도 시집 |

# 미나리는 사철이요

# 장다리는 한 철이네

## 민담 속의 시대정신

바이북스
ByBooks

『민담시집(民譚詩集)』을 처음 낸 것은 2002년 8월이다. 그 후 6년여 만에 『다 망해버린 개털들의 반란-병술년(丙戌年 우화)』 (2008년 4월)라는 증보판을 냈다. 그 후 갑오년(甲午年) 2014년 1월에는 신작을 추가해 『이현령비현령(耳懸鈴鼻懸鈴)-종북좌빨 vs 수구꼴통』을 전자책(e-book)으로 낸 바 있다.

이 전자책에 다시 시류(時流)에 따른 신작 몇 편을 추가해 임인년(壬寅年) 2022년에 『미나리는 사철이요 장다리는 한철이네』를 출간한다.

오랜 세월 전해지는 우리 선조들의 민담 속에서 변모해 오는 오늘날의 시대정신은 무엇일까. 그것이 흥미롭고 생산적으로 다가오는 것이 아니라 마주 보고 결사적으로 달려드는 두 진영의 종말을 보고 있다는 느낌이다.

근자에 와서 벌어지는 암울(暗鬱)한 정치 현상에 잠 못 드는 밤, 나는 플라톤의 경고문에서부터 우리 민담의 깊은 뜻을 곱씹어 본다.

2022년 2월, 박이도

갑오년 판(甲午年版)

갑오년, 새해가 솟는다.
조국 통일의 서기(瑞氣)를 품은 갑오년, 청마(靑馬) 타고 달려
가자.
비관 자살을 시도한 자에게 '살자'라는 희망을 심어준 판사,
"마귀와 같은 이명박 괴뢰정부를 멸하여 주실 것을 간절히
기도"한 목사,
새해 소원은 "명박 급사"라는 국회의원,
검사실에서 피의자를 성폭행하고 쇠고랑을 찬 검사,
세상만사 이현령비현령(耳懸鈴鼻懸鈴)이구나.
2002년 임오년의 『민담시집』,
2008년 병술년의 『다 망해버린 개털들의 반란』에 이어
2014년 갑오년 판 『이현령비현령』을 전자책으로 엮었다.

2014년 1월. 박이도

# 民譚詩의 語法

민담은 민요와 함께 구전(口傳)되어 온 우리 선조들의 이야기요 노래이다. 문자로 기록된 것이 아니라 여러 사람의 입에서 입으로 전파되었다. 고로 이야기꾼들의 창의적 가감이 푼수 없이 가해졌다. 같은 이야기일지라도 고장에 따라, 이야기꾼에 따라 상황 설정, 인물, 표현법에 차이가 있고 그 차이는 특유의 매력을 지닌다.

'메나리'가 민요를 뜻했다면 '옛날이야기'는 바로 민담이었다. 민요, 민담이라는 용어는 당대의 이야기꾼들이 부르던 메나리, 옛날이야기 등을 개념화하여 학문적으로 일컬은 것이다. 학계에선 이렇게 입에서 입으로 전해진 문학성이 짙은 내용을 구비문학(口碑文學) 혹은 구전문학(口傳文學)이라고 쓴다.

민담엔 특정 작자가 없다. 듣고 다시 이야기하는 이야기꾼 모두가 작자이다. 그러므로 민담의 상황 설정은 "옛날 옛날 어느 깊은 산 속 한 고을에 돈 많은 부자가 살았……"라는 구조가 근간을 이룬다.

　학계에선 민담의 내용을 동물담(動物譚), 신주담(神呪譚), 소화(笑話) 등으로 구분한다. 필자가 더욱 흥미를 느끼는 부분은 민담 속의 어휘, 사투리 등이다. 그 다음으로 사투리 속의 의성어·의태어의 차이, 어법, 이야기 전개의 형식, 내용상의 유형화 등 여러 가지로 우리 선조들의 얼과 사상이 묻어 있는 것을 이야기 형식 속에서 읽어낼 수 있기 때문이다.

필자가 시도하는 민담시의 요체는 민담 속의 이야기 형식을 빌어 그 속의 특유의 어법들을 살려 재현하는 일이다. 더러는 민담의 몇 군데를 인용하는 경우가 있고, 일부는 그대로 소개하고 그 이야기의 줄거리에 맞는 유형대로 오늘의 우리 사회에서 벌어지는 일들을 재구성해 풍자하는 예도 있다.

기야르는 『비교문학론』에서 인류의 상상력 내지 사고력의 한계가 있기 때문에 신화시대의 이야기 꾸미는 솜씨나 오늘날의 소위 문명인이 이야기를 꾸미는 솜씨에는 본질적으로 아무런 차이도 없다는 주장을 한 적이 있다.

그것은 특정 민족의 신화적 소재가 타 민족권의 현대인이 쓴 이야기에 그대로 재현되는 경우들은 바로 인간의 상상력의 한계가 있기 때문이라는 것. 후자의 경우 외국어를 통해 타 민족의 신화나 설화들을 모방한 것이 전연 아니지만 그런 이야기를 꾸며낼 수 있다는 것은 바로 어느 시대, 어떤 종족이건 두뇌의 한계로-고만고만한 상상력- 일어날 수 있다는 점을 인정할 수밖에 없는 것이다.

우리 민담 속의 이야기들도 조선 시대 팔도에 떠돌던 이야기 중 비슷한 내용의 이야기가 허다하다. 이 경우 더러는 시일을 두고 구전된 것도 있겠지만 독창적인 이야기일지라도 객관적으로 보면 유사한 것도 있을 수 있다는 심증을 얻게 된다. 그런 민담들의 이야기 전개 방법은 구술자의 시대, 나이 등에 따라 조금씩 달라질 수 있다.

그중에도 지역적인 특유의 사투리로 엮어내는 화법과 어투는 시적 효과를 자아내기에 훌륭한 방법이 된다고 생각했다.

민담시의 소재는 주로 우리나라 민담에서 취하나 불교 설화, 성경, 고사성어, 속담 내지 오늘의 신문 기사까지도 확대해서 취했다.

민담시의 주된 내용은 정치, 경제, 사회, 문화 등 오늘을 살아가는 사람들의 관심을 표출하게 된다. 결과적으로 필자의 사회비평적인 칼럼이 민담시의 형식으로 대신하게 된 것이다.

2002년 8월, 박이도

| 차례 |

서문 • 4

# 1부

# 플라톤의 경고

# 2부

## 이현령비현령 – 전자판

# 3부

## 다 망해버린 '개털'들의 반란

# 4부

## 미나리는 사철이요 장다리는 한 철이네

# 1부

# 플라톤의 경고

# 플라톤의 경고

"정치를 외면한 가장 큰 대가(代價)는
가장 저질스러운 인간들에게 지배당한다는 것이다."
    - 플라톤


이 엄혹(嚴酷)한 난세(亂世)에 정치판을 외면하는 자들은 누
구인가?
학생도, 젊은이도, 근로자도, 전문 지성인도, 종교인도, 하물
며 국회의원만도 아닌
우리, 우리 모두입니다.


오늘날 나를 지배하는 자는 누구인가?
국가를 지배하는 자는 누구인가?
지금 무대 위에 저주의 칼춤을 추는 지배자는 그 누구란 말
인가?
망석중이로 꼭두각시로 전락한 우리들 모두가 아닌가요.


지렁이도 밟히면 꿈틀거린다네
꼭두각시 신선놀음에 도끼 자루 썩는 줄 몰랐는가!
유비(流輩) 통신의 시절은 가고

유튜브로 장착한 MZ [1] 세대의 이성(理性)은
'아수라'의 안남시(安南市) [2] 에 화천대유의 만화경에 홀리고
'오징어게임'의 승자 독식의 결투에 매몰되어
달팽이 뚜껑을 닫은 [3] 몽매(蒙昧)의 시대.
오호통재(嗚呼痛哉)라.

---

1   1980∼90년대의 밀레니엄 세대를 이르는 말
2   안동과 성남의 합성어
3   입을 꼭 다물고 좀처럼 말을 하지 않는다(속담)

# "화천대유하세요"

화천대유(火天大有)?[1]
하늘의 도움으로 천하를 얻는다
무슨 대학인가요?
맞구요, 말하자면 부동산 투기사업으로 1백 배, 1천 배 일확
천금하는 대학 아니겠어?
돈나와라 뚝딱! 대장동게이트입니다.

화천대유는 누구껍니까?
"'이분'의 것이지요"
'이분'이 누구신가?
이(지시대명사) 분인지, 이(성李) 분인지?

왜 옥수동에 숨겨둔 누님에게 빚진 분 있잖아
무슨 빚인데?
아이 민망해서

---

1  주역에 나오는 점괘(占卦)

# 아수라는 어떤 나라인가

대장동 게이트?
영화 아수라에 나오는 주인공의 행적이랍니다 실화랍니다.

안남 조직폭력이 지배하는 도시국가인가?
바지를 벗고 무엇을 확인하셨나요?
에그머니나, 그 고추 점은 빼버리면 안 되는데……
쉿! 그 점은 나랏님이 될 복점이라네.

# 진인(塵人) 조은산의 상소
## 폐하! 밤새 꿈자리는 어떠하셨는지?

진인 조은산 씨가
청와대 국민청원 게시판에 올린 상소문(上疏文).
의고체(擬古體) 문장으로 조선 시대의 왕에게 목숨을 걸고
비정(秕政)을 간(諫)했던 형식을 빌려 올린 상소문이다.
"진인(塵人) 조은산이 시무(時務) 7조를 주청(奏請)하는
상소문을 올리니 삼가 굽어살펴 주시옵소서."

청원기간 : 1920. 08. 12 ~ 1920. 09. 11.

기해년 겨울

타국의 역병이 이 땅에 창궐하였는 바,
가솔들의 삶은 참담하기 이루 말할 수 없어
그 이전과 이후를 언감생심 기억할 수 없고
감히 두려워 기약할 수도 없사온데
그것은 응당 소인만의 일은 아닐 것이옵니다

백성들은 각기 분(分)하여 입마개로 숨을 틀어막았고
병마가 점령한 저잣거리는 숨을 급히 죽였으며
도성 내 의원과 관원들은 숨을 바삐 쉬었지만
지병이 있는 자, 노약한 자는 숨을 거두었사옵니다

병마의 사신은
가난한 자와 부유한 자를
가려 찾지 않았사오며
절명한 지아비와 지어미 앞에
가난한 자의 울음과 부유한 자의 울음은
공히 처연했사옵고,
그해 새벽 도성에 내린 눈은
정승댁의 기왓장에도 여염의 초가지붕에도
함께 내려 스산하였습니다
하오나 폐하

인간의 본성은 본디 나약하나
이 땅의 백성들은 특히 고난 앞에 결연하였고
인간의 본성은 본디 추악하나
이 땅의 백성들은 특히 역경 앞에 서로 돕고 의지하였나니

아녀자의 치마로 돌을 실어
왜적의 골통을 부순 행주산성이 그러하였고
십시일반 금붙이를 모아
빈사 직전의 나라를 구해낸 경제위기가 그러했듯

이는 곧 난세의 천운이오 치세의 근본이 아니고
무엇이겠사옵니까

이듬해 봄

폐하의 성은에 힘입어
권토중래한 이 나라 백성들은
저마다 살길을 찾아 짚신 끈을 다시 매었고
민초들의 삶은 다시 용진하였으니

지아비, 지어미는 젖먹이를 맡길 곳을 찾아
집과 집을 오가며 동분서주하였고
서신을 보내어 재택근무에 당하는 등
살길을 찾아 고행하였는 바,

고을 안 남루한 주막에서는
백성의 가락국수가 사발에 담겨
남겨진 할미와 손주의 상에 올랐는데

경상의 멸치와 전라의 다시마로 육수를 낸 국물은
아이의 눈처럼 맑았고

할미의 주름처럼 깊었사오며

소인이 살펴보건데

백성은 정치 앞에 지리멸렬할 뿐
위태로움 앞에 빈부가 따로 없었고
살고자 함에 남녀노소가 따로 없었으며
끼니 앞에 영호남이 어우러져 향기로웠습니다

아뢰옵기 황송하오나 폐하

백성들의 삶이 이러할 진데
조정의 대신들과 관료들은 국회에 모여들어
탁상공론을 거듭하며 말장난을 일삼고

실정의 책임을 폐위된 선황에게 떠밀며
실패한 정책을 그보다 더한 우책으로 덮어
백성들을 우롱하니 그 꼴이 가히 점입가경이라

경자년 여름

간신이 쥐 떼처럼 창궐하여 역병과도 같으니
정책은 난무하나 결과는 전무하여 허망하고
실(實)은 하나이나 설(說)은 다분하니
민심은 사분오열일진데

소인이 피를 토하고 뇌수를 뿌리는 심정으로
시무 7조를 주청해 올리오니 부디 굽어살피시어
조정의 대신들과 관료들은 물론 각지의 군수들을
재촉하시고 이를 주창토록 하시오면

소인은 살아서 더 바랄 것이 없고
죽어서는 각골난망하여
그 은혜를 잊지 않겠사옵니다

하여 소인 조은산은 넙죽 엎드려
삼가 시무 7조를 고하나니 (중략)

# 정책은 난무하나 결과는
# 전무하여 허무하더이다

## 청원자가 주청한 시무 7조를 요약해
## 재청(再請)하오니 성은을 내리소서

1. 가렴주구(苛斂誅求)를 멈추고 득표용 돈 잔치를 중단하라.

2. 감성정치로 국민을 호도(糊塗)하지 말고 이성으로 실리 정
   책을 펼쳐라.

3. 괴뢰 독재자에게 비굴(卑屈)하지 말고 동맹국 등과 실리외
   교를 펴라.

4. 재산권과 표현의 자유, 종교적 신념 등을 겁박(劫縛)하지
   말라.

5. 인사(人事)가 만사(萬事)다. 운동권 붕당(朋黨) 정치에 소도
   웃는다.

6. 임기 중에 제정한 온갖 독재의 악법들을 퇴임 전에 걷워라.

7. 국민의 원성 들어 개과천선(改過遷善)하라.

# 폐하! 남쪽나라 대통령은
# 어느 나라의 대통령이신지요?


백두혈통의 광폭(狂暴)한 멧돼지의 허사(虛辭)
"삶은 소대가리가 웃을 일이다"라고 덕담을 주시니
너무너무 황송해 쩝! 쩝! 쩝쩌구리가 되셨군요.
삶은 소대가리는 누구를 지명한 것인지 확인해보셨는지요.
폐하!
밤새 꿈자리는 어떠하셨는지요?
행운을 가져다준다는 멧돼지 꿈을 꾸셨나요?

폐하, 대한민국의 주적(主敵)은 누구입니까?
쩝! 쩝! 유구무언(有口無言)이요.
평화를 돈 주고 산다는 그분[1]의 말씀과 궤(軌)를 같이 하는
건가요?


---

1  고(故) 김대중 대통령

# 문현령(文懸鈴) 이현령(李懸鈴)[1] 타령

1

나는 남쪽나라 대통령입니다.

(평양으로 김정은이를 찾아가 환호하는 동원된 군중에게 화답하면서)

'남쪽나라'는 어떤 나라이지?

귀하는 대한민국 대통령 아니던가요?


2

대한미국 대통령 문재인

(미국 백악관에 방문해 서명란에 쓴 직함)

'대한미국 대통령'? 오기(誤記)인지, 진심인지?

귀하는 어느 나라 대통령이신지?


3

이현령비현령(耳懸鈴鼻懸鈴)에 문(文)현령 김(金)현령 추가하
세요

백두혈통 해바라기, 동문서답하지 말고 꿈 깨시기를

1  귀에 걸면 귀걸이 코에 걸면 코걸이라는 뜻으로 특정 사실에 대해 자신에게 유리
   하게 말하는 것을 비유하는 말을 패러디한 것

# 후나 형, 세상이 왜 이래?

광화문 광장은 차벽(車壁)으로 재인산성을 두르고
자유 평화 정의의 비둘기 떼를 모두 모두 날려버리는구나.

후나 형! 세상이 왜 이래?
지금 인권재갈법, 사학탈취법, 북괴의 5호담당제를 방불케
하는 주민자치법, 동성애를 합리화시키려는 양성평등은 또
뭔가?
번갯불에 콩 구워 먹듯 국회 거수기 문위병(文衛兵)들의
'옳소' 짝 짝 짝!!! 일사천리(一瀉千里) 악법 치레하다니
후나 형, 이게 나라요? 나락(奈落)이요?

광화문에 집결한 수백만의 함성
개천절의 노도(怒濤)
명심하라! 개천절 2019년 10월 3일.

# 우리 사투리로 이바구함세

– 팔도강산 이바구꾼 다 모였는가.
– 제 고장 사투리로 한판 벌여보세.
　담는 게 말이요 벌린 게 소리다.[1]
– 귀로 듣고 입으로 말한다는 거지요?
– 어떻게 말하고, 어떻게 들리는지
– 말솜씨 좀 겨뤄보소.
　싸목싸목 묵더라고 급한 밥 체한당께
　왜 그리 바쁜디요 설렁방구 도리깨질
　삭신이 녹아나고 두 눈에 노란 별이 가물가물
　나 죽소 그 맹서 길었어도 그 밤은 짧았어라우
　몽당귀신 채왈귀신 그믐밤 살살 기는 고샅길에
　달 넘는 목매 달님 팔도양반 사랑했어라우
　여시눈깔 내리깔고 위매위매 워따매
　앵도라진 그 눈동자 몽땅 내 사랑 목숨을 걸었지라우
　오매 어서 어서 오시랑께
　온 세상 허벌나게 대한민국 문학메카 굿판 열렸네[2]
– 정감어린 고향사투리로 읊으시고
– 춘향의 몸매로 옛 정을 살려 내시네요.
　"오매 단풍 들것네."[3]
　법 아냐?/ 모르면 살았냐?/ 모험했다 잉![4]
　"왜 사냐 건 웃지요."[5]

- 이렇게 둘러댈 수도 있고요

- 능청스레 미소 짓는 심오한 인생철학이 숨 쉬고 있네요.

　"그립다/ 말을 할까/ 하니 그리워

　그냥 갈까/ 그래도/ 다시 더 한번 [6]

- 헤어지는 아쉬운 심리가 얼마나 애절한지.

　"바보야, 우찌살꼬/ 바보야.(1행 생략)

　바람이 자는가 자는가 하더니/ 눈이 내린다 바보야,

　우찌살꼬 바보야." [7]

　"우리 고장에서는/ 오빠를 오라베라 했다.

　그 무뚝뚝하고 왁살스러운 액센트로/ 오오라베 부르면

　나는/ 앞이 꽉 막히도록 좋았다." [8]

　"어머니, 당신은 그 먼 나라를 알으십니까?" [9]

- 묻고 대답하는 화법이 자문자답으로 뜨고요.


　"장날 거리에 녕감(영감)들이 지나간다.

　녕감들은말상을 하였다 범상을 하였다 쪽제비상을 하였다.

　투박한 북관(北關) 말(함경도 지역 말)을 떠들어대며/ 쇠리쇠

　리 (반짝이는)한 저녁해 속에/

　사나운 즘생(짐승) 같이들 살아젓다." [10]

- 걸쭉한 인물평이구나. 투박하고 익살스러운 인물 타령도

　막걸리 잔에서 나온답니다.

체네 두리(처녀 둘이) 산길을 가다가

댕가지 바테(고추밭에) 숨어 댕가지 뜨더(뜯어) 먹고

콩알 같은 눈물을 뚝 뚝 흘렛담네다(흘렸답니다). [11]

– 옛날 이야기체로 읊어 본 평안도 관서(關西) 지방의 사투리

입니다.

– 발음에 의한 언어 활동을 음성언어라고 하지요.

– 말하고 듣는 행위를 생리적 · 물리적 · 심리적으로 뜯어보

는 것은

음성학이라고도 합니다.

– 오늘 우리들의 이바구, '사투리로 말합시다'는

– 옛날 어버이들의 혼령을 모셔오는 의식(儀式)

– 우리 민족의 정기요 문학적 자산입니다.

---

1  진헌성의 시 「말소리」 전문

2  문병란의 시 「사투리 사랑가」에서

3  김영랑의 시 「오매 단풍 들것네」에서

4  진헌성의 시 「삶」 전문

5  김상용의 시 「남으로 창을 내겠소」에서

6  김상용의 시 「남으로 창을 내겠소」에서

7  김소월의 시 「가는 길」에서

8  김춘수의 시 「하늘수박」에서

9  신석정의 시 「그 먼 나라를 알으십니까?」에서

10  백석의 시 「석양(夕陽)」에서

11  박이도의 시 「댕가지바테 체네두리」에서

# 2부

# 이현령비현령(耳懸鈴鼻懸鈴) ― 전자판

## 종북좌빨 vs 수구꼴통

# 직필(直筆)인지 곡필(曲筆)인지

直筆也人誅(직필야인주) 옳은 글을 쓰면 권력이 벌을 주고
曲筆也天誅(곡필야천주) 거짓 글을 쓰면 역사가 벌을 준다
勤在片石(근재편석) 한조각 돌(비석)에 새겨
侯後史家(후후사가) 역사의 심판을 기다리리라[1]

붉은색 안경을 끼면
푸른 숲이 붉게 보입니다
파랑색 안경을 끼면
붉은 진달래꽃이 파랗게 보이구요
우리나라 좋은 나라
무럭무럭 자라는 아이들이
'붉은 숲, 파란 진달래꽃'이 피는
금수강산이라 노래한다면
직설(直說)일까요, 곡설(曲說)일까요

이때 직설은 허위의식이요
곡설은 본질이며 진의(眞義)가 됩니다
어른들의 색안경을 벗겨주셔요
아이들에게

---

1  20세기 초 중국의 孫文이 당대의 혁명운동가 宋教仁의 무덤에 써준 비문(碑文). 장재성 역.

푸른 숲, 붉은 진달래꽃을
돌려주셔요.

2011년 11월

# "엄마 전교조 선생님이 싫어요"

맹모삼천지교(孟母三遷之敎)

맹자 어머니의 자녀교육에 귀감이 되는 일화이지요.

공동묘지 마을에선 왜 이사했습니까.

또 시장바닥 마을에선 왜 떠날 수밖에 없었습니까.

자녀교육에 주변 환경이 나빴기 때문이지요.

서당 집 마을로 이사를 가서야 어머님은 안심하셨습니다.

- 자기가 가르치는 중학생들을,

그것도 모자라 그들의 학부모들까지 이끌고

'빨치산추모제'에 간 전교조 선생님을 보면서

학부모님들은 아무 말도 없습니다.

세계에서 자녀들의 교육에

가장 많이 투자하는 민족이라는데

아이들이 학교에 가서 어떤 교육을 받고 있는지

아무 생각도 하지 않는가, 봅니다.

이승복 군[1]이 남파간첩들에게

"나는 공산당이 싫어요!" 한마디 남기고 살해되었습니다.

---

1  1968년 11월 북괴의 남파간첩들에 의해 이승복 가족이 살해된 사건. 간첩이 이
   승복 군에게 "남한이 좋으냐, 북한이 좋으냐, 라고 물었고 "나는 공산당이 싫어
   요"라고 답하자 그 가족을 모두 살해했다.

이제 교실에서 학생들이
"엄마, 전교조 선생님이 싫어요"라고 호소할 때까지
기다리시겠습니까?

# 지금, 서울은 불타고 있는가?

지금 서울은 불타고 있는가?

조선민주주의인민공화국에선

이미 '서울을 불바다'로 쓸어 버린다고 공갈(恐喝)하지 않았
습니까.

그렇게 되면 6 · 25에 이어 두 번째가 된답니다.

다시 촛불을 들어요.

'효순, 미순 두 소녀의 죽음'에 촛불을 들고 애도의 춤을 추
자구요.

'반미(反美)! 반미! 양키 고 홈!

효순, 미순 편 영신가(迎神歌)를 분기탱천(忿氣撐天)으로 다시
불러보자구요.

서울광장을 해방구로 삼아 날이 새도록, 해방의 날이 오는
그날까지 촛불을 태워 보자구요.

DJ 선생 가라사대 '왜 떨쳐 나오지 않느냐'고 야단치지 않았
습니까?

죽창에 붉은 깃발을 나부끼며 '가자, 서울로! 가서 MB 정권
타도하자, 노동자가 주인 되는 붉은 나라 건설하자!'

가열찬 정치선동이지요.

'안 되면 파리를 불바다로' 운운했던 히틀러에게 맞섰던 레
지스탕스의

'파리는 불타고 있는가?'를 기억하시나요?

MB가 히틀러가 되려면, 현 정부가 나치의 정부가 되려면
광담패설(狂談悖說)이 실현되려면
폐형폐성(吠形吠聲)[1] 하고 사지훤전(四知喧傳)[2] 하여
서울광장이 불바다가 되는 날이 아니겠소?
서울광장은 평양의 붉은광장이 아닙니다.
서울광장엔 4천7백만 국민의 잔디가 돋아나는 평화의 광장
입니다.
지금 서울은 불타고 있는가?

2009년 6월

1   폐형폐성(吠形吠聲) : 밤중에 개 한 마리가 짖으면 무슨 일인지도 모르고 온 마
    을의 개가 다 따라서 짖는다는 데서 따온 비유. 즉 아무도 모르고 덩달아 따른
    다는 숙어임.
2   사지훤전(四知喧傳) : 후한서에 나오는 양진의 일화. 뇌물을 갖고 온 사람에게
    이를 물리치며 한 말. "하늘이 알고, 땅이 알고, 네가 알고, 내가 안다"는 것인데
    즉 DJ의 독설이 모든 사람의 입에 오르 내린다는 뜻으로 씀.

# 저주의 주문(呪文)이 된 H 목사의 기도 [1]

창조의 주 하나님!

오늘 이 죄인은 통일의 성지이자 혁명의 도시 평양에서 간절히 기도합니다. 이명박 괴뢰 도당이 하루빨리 위대한 장군님과 통일의 선구자들이 이룩한 6·15공동선언을 지킬 수 있도록 은혜를 베풀어 주기를 간절히 바랍니다. 또한 위대한 장군님과 인민의 영웅 권오석 동지의 사위 노무현 대통령과 이룩한 10·4선언도 하루빨리 실천할 수 있도록 이명박 괴뢰 정부를 인도하여 주실 것을 간절히 원하옵나이다. 극악무도한 미제와 한통속이 되어 천안함 폭침을 조선민주주의인민공화국에게 뒤집어 씌우려는 이명박 괴뢰 정부를 벌하여 주실 것을 간절히 바라옵니다.

이명박 괴뢰 정부가 미제와 합심하여 조선민주주의 인민공화국의 지도자이자 21세기 태양이신 장군님을 얼마나 괴롭혔으면 위대한 장군님께서 모든 남북 합의를 파기한다고 고뇌에 찬 일갈을 토하셨겠습니까. 있지도 않은 사실을 유엔이다 안보리다하며 조선민주주의 인민공화국을 제재하여야 한다는 저 마귀와 같은 이명박 괴뢰 정부를 멸하여 주실 것을 간절히 기도드립니다.

---

1  2010년 6월 불법으로 평양을 방문한 H 목사(60. 한국진보연대 상임고문)가 6월 27일 평양 칠곡교회 주일예배에서 기도한 내용.

국가보안법을 하루빨리 폐기할 수 있도록 남한의 모든 동지들이 힘을 합쳐 이명박 괴뢰 정부와의 투쟁에서 승리할 수 있도록 다윗과 같은 지혜를 주시옵소서. 미제들이 한반도에서 당장 철수할 수 있도록 모든 동지들이 한마음으로 미제와 싸워 승리할 수 있도록 강건함을 주시옵소서. 우리의 통일은 우리끼리 할 수 있도록 도와주시옵소서.(중략)

위대한 수령 김일성 동지께서 그토록 갈망하시던 고려연방제가 이 땅에 뿌리를 내릴 수 있도록 인도하여 주시기를 간절히 바라옵니다. 부족한 이 죄인 한상렬을 오는 8월 15일 판문점을 통해 떳떳하고 당당하게 남한에 돌아가려 합니다. 이명박 괴뢰 정부가 오직 우리 민족끼리의 통일만을 갈망하여 방북한 이 죄인을 탄압한다면 이 죄인은 순교할 준비가 되어 있습니다.(중략)

위대한 수령님의 유훈이 한반도에 정착할 수 있도록 인도하여 주시옵기를 간절히 바라옵니다. 이 모든 말씀을 우리 주 예수그리스도의 이름으로 기도드립니다. 아멘.

악마의 귀신에 점령당한 한 목사의 건강부회,
궤변이라는 거, 고의로 행하는 허위의 강론이랍니다.
누가, 누구에게 하는 기도문인지,
누가, 누구에게 하는 저주의 주문(呪文)인지,

가롯 유다의 망령인가?

허위의식으로 멘붕(멘탈붕괴)된 자

자기 영혼을 주체사상에 팔아넘긴 자들

성직자의 면허증을 갖고 하나님의 이름으로

조국을 증오하고 저주하는 패역(悖逆)의 무리들이

혹세무민(惑世誣民)하고 있음.

–오 마이 갓, 갓댐 유(O my god, God damn you).


2010년 가을

# 3부

## 다 망해버린 '개털'들의 반란

병술년 우화

# 다 망해버린 '개털'들의 반란

여당이 더 이상 여당일 수 없는
야당이 더 이상 야당일 수 없는
어정쩡한 정권 교체 시기의
여당, 야당의 흥정은 흥미롭습니다.
야당 협상 대표 ; 새 정부조직법에 동의 해 주시길,
질질 시간만 끌지 말고 잘 좀 봐 주슈!
여당 협상대표 ; (닭쫓던 개 지붕 쳐다보듯 멀뚱멀뚱 바라만 봤지요.
그리고)
무얼, 다 망해버린 우린데 잘 봐줘, 다 망해버린 개털들인데
그쪽에서 좀 봐줘야지.
개가 사람을 물었다면 경악이요
사람이 개를 물었다면 빅 뉴스!
누가, 누구를 봐주자는 건지…….

# 강남갔던 제비가 돌아왔네

새봄에 새 정부가 시작되니 시화연풍(時和年豊)이로다.
강남 갔던 제비가 돌아왔구나.
지화자, 경제는 살리고 또 살리세 입에 침이 마르도록 살리
세 가진 자도 나오라, 가진 것 없는 자도 나오라.
지화자, 잘살아보세, 강남 갔던 '고 소 영'도 날아오고
땅굴 속에 칩거하던 두더지 '땅 부 자'도 나와 덩실덩실 춤을
추자.
새 시대의 시대정신은 '자질과 능력'이렸다.
부동산 투기업은 기본이요,
논문 뻥튀기는 잔재주에 속하는 일
자식 병역기피는 건국 이후 대대로 이어지는 '역사적 전통
정신'이 되었구나.
김대업 식 추리소설은 가고 윤리와 진실을 들먹이는 국회의
원들,
허(虛)와 실(實)의 공방은, 내 손자 '도덕' 교과서도 못 읽은
수재들이구나.
될 것도 안 되게 하는 양심 불감 검증관이 따라 붙었나? 알고
도 모를 일,
새 시대정신은 구시대 따라 하길세,
지화자, 어절씨구……좋다.
백성의 소원은 하나도 경제요 둘도 경제요, 셋도 경제니라.

지화자 좋다.

나라님 목표는 하나도 경제 살리기 둘도 경제 살리기 셋도 경제로다.

백성과 나라님의 궁합은 찰떡궁합일세.

지화자, 시화연풍이로다, 어절씨구……좋다.

# 나쁜 나라 좋은 나라

"반미(反美) 좀 하면 어때?"

또 막말이야?

"미국이 도와주지 않았더라면 나는 지금쯤 정치범 수용소에
있을지도 모른다"(6·25남침에 대해).

"미국은 남북전쟁과 2차 대전 등에서 자유, 인권 등 보편적
인 가치와 민주주의를 내걸고 승리했다. 미국은 대단히 부러
운 나라이고 정말 좋은 나라이다. 미국은 다른 사람을 위해
희생한 사람들이 살고 있는 나라, 자유, 정의가 항상 승리해
온 나라이다……"(미국 교민들과의 간담회에서).

어느 분의 말씀인가요?

막말이면 어떻고 말씀이면 어떠하다는 건가.

시비시비(是非是非)하자는 거요?

말투야 된 대로 나오는 것이거늘 어찌 탓하리요만

나라 안에서 생각하면, 나쁜 나라

밖에 나가 보면, 좋은 나라

이것도 시비시비하면 안 되나요?

# 수수께끼

"나는 제정신입니다"
아니, 누가, 누굴 보고 제정신 아니라 했던가?
이 땅에 제정신 아닌 사람이 있을까마는
이 세상에, 제정신 아닌 사람, 또 있을까?
제정신인 사람이 제정신인 사람들에게
나는 제정신입니다, 했다면
수수께끼가 된 거지요.
그럼, 누가 제정신이 아닌가요.

# "나는 제정신입니다"

병술(丙戌)년엔 개가 주인이지요?

맞고요.

개띠에 쌍춘년까지 겹쳤다지요?

맞다구마, 또 맞고요.

그래, 많은 백성의 기대가 크지요?

집집이 아기 울음소리 청아하도다.

개가 주인이 된 병술년엔 온 나라에 개 짖는 소리 가득허니라.

날이 갈수록, 꼬무레한 날일수록 성(城) 안에 개짖는 소리 요요(遙遙)[1]히 퍼지더이다.

왁자지껄, 뭇 백성이 이리저리 휘둘리니, 훤자구폐(喧藉狗吠)[2]로다.

짖지 마라, 짖지 마라,

우리 마을, 이웃 마을, 이 집, 저 집의 견공(犬公)들도 따라 짖누나.

울지 마라, 울지 마라.

세밑, 갈림길에 당도하니 온 백성이 훤전구폐(喧傳狗吠)[3]로구

---

1  멀고도 아득함.

2  왁자지껄 개 짖는 소리.

3  개가 주인 아닌 사람을 경계하거나 수상한 것을 보았을 때, 또는 신하가 임금에게 아첨하는 것 등을 비유함.

나.

"나는 제 정신입니다."

"누가, 아니 누가 제정신이 아니라 하옵신가?"

"울지 마라, 울지 마라."

"짖지 마라, 짖지 마라."

고마, 병술년도 갔고야.

복 돼지, 황금 돼지가 온단다.

2006. 12.

# 핵(核)폭탄이요!


'선군정치' 발악하는 북한(北韓)에
햇볕으로 퍼주고, 인도적으로 퍼주고
퍼주고 퍼주니,
"미사일에 핵(核)폭탄이요!" 떡 허니, 목청을 돋우네.
"맞고요, 미사일과 핵폭탄은 외세(外勢)를 겨냥한 것이니
우리에겐 잘된 것이지요?"
"우리는 한 민족, 한 조국이니끼니
우리끼리, 끼리끼리 미제(美帝)의 각을 뜹시다."
말씀이 좀 황당합니다만, 그래도 우리는 한민족
조건 없이 퍼주면 또 미사일 하나요!
인도적 차원에서 퍼주면 또 핵폭탄 하나요!
참 잘 돌아갑디다.
우리가 낸 세금
누구 좋으라고, 누구 맘대로 퍼주나요?

2006년

# 그냥 쉬는 남자

그냥 쉬어도 먹고 살 수 있는 나라
그냥 놀고먹는 장정이 1백만 명 돌파,
21세기에 첫 태평성대로고, 지화자 좋다
"맞고요, 집값도 챙기고, 경제도 챙기고 코드도 챙기며,
모든 나라 살림, 직접 챙기니 잘 돌아갑디다."[1]
백만 대군(大軍) 여러분! 그만 썩고,[2]
집에 와서 쉬는 남자 됨이 어떠할지요?

2006년 겨울

---

1   노 대통령은 말끝마다 "직접 챙긴다"고 의욕을 보여 왔음.
2   젊은이들이 군대 가서 썩고 있다는 말도 하였음.

# "쪽팔려 대통령 노릇 못해먹겠다"는 대통령

스스로 "나는 세계적인 대통령이지만
국내에선 '쪽팔려'대통령 노릇 못해먹겠다"는
대한민국 현직 대통령.
두 번 세 번 탄핵받을 처신을 하고도 미꾸라지처럼 빠져나와
"나는 나이도 젊고, 또 국가경영을 썩 잘했으니 다음에 한 번
더 해 먹고 싶어도 '그놈의 헌법' 때문에 못해먹게 되었노라"
하시니
정말 원통하시겠습니다.
이제, 무지랭이만 같던 백성들이 한목소리로 슬피 외치는 말
"우리 대통령은 망상에 사로잡혔습니다.
우리 대통령은 말로써 사망했습니다.
우리 대통령의 인격은 사망했습니다.
우리 대통령은 사망했습니다."
'인격의 사망'은
누구에게, 어떻게, 언제
신고할 수 있나요?

2007년 초여름

# 나랏님 말씀이 '막노무가내'

세종께서 훈민정음을 짓게 하신 뜻은
우리가 다 아는 바이요
세종께서 백성을 위해 남긴 일이
역사에 남아 찬연히 빛남은
세상의 모든 나라가 다 아는 바이요
놈현께서
"대통령이 될 줄은 꿈에도 몰랐다"고
어린아이처럼 기뻐하시더니
몇 달 안 가
"대통령 노릇 못해 먹겠다"고
투정을 부리시더이다.
"에그머니나, 그런 말씀은 삼가셔야 했는데
한 이불 속에서도 두 내외가 소곤소곤 귀엣말로 하셔야만 했
는데."
"아닙니다, 낮말은 신하(臣下)가 듣고 밤말은 백성이 듣는다
고 하지 않았습니까?"
"이를 어쩌나?"
나랏님 말씀이 히도 천박하니 백성들이 하는 말씀
"세종대왕이시여,
놈현님에게 이르고자 할 말을 잊었나이다."
자신의 교육정책을 다시 바꾸지 못하도록 숫제,

"대못을 박아 놓겠노라"시니
네로의 과대망상도 아닌
그의 독선을 어찌하오리까.
"공업용 미싱으로 그 입을 봉박아 주소서."
언젠가 K의원[1] 께서 처방을 내려 주셨건만
놈현께서는 막무가내, 막무가내
막가파식 막 노무가내시네요.

---

1   김홍신 국회의원이 현직 시절에 한 말.

# "미친 개는 몽둥이로 다스리는 법"이라신다

6 · 25, 57주년 아침,

태극기 상단에 검은 리본을 매어 조기를 내어 달았습니다.

그리고 북괴군의 기습남침으로 대항하다 전사한

국군 장병과

북괴군과 그 동조자들에 의해 떼죽임을 당한

영령들을 생각하며,

우울한 심경으로 조간신문을 펼쳐 들었습니다.

"다시 서해상에서 무장 충돌이 일어난다면 지난 시기의 서해

교전과는 대비할 수 없는 싸움으로 될 것이며 지상과 공중을

포함한 전면전으로 확대되어 우리 민족의 생사는 물론 세계

평화도 엄중히 위협하게 될 것"이라고

김정일의 조선중앙방송은 또다시 선전포고문을 미리 틀어

놓았군요.

대한민국 국민을 '미친개'들로 보고

대한민국 국민을

미친개는 몽둥이로 다스려야겠다는 공개방송이었답니다.

서해 북방한계선(NLL)이 자기네와는 무관하다며 '불은 불로,

미친개는 몽둥이로 다스리는 법'이라고 공갈(恐喝)했습니다.

얼른 청와대로 전화를 걸어 이 방송 들어 보셨나요? 알려주

고 싶었지만

"북한 문제만 잘 해결하면 국내 문제는 더러 깽판쳐도 괜찮다"던

자신만만해하던 말씀이 떠올라, 들었던 수화기를 내려놓았습니다.

"노(NO) 대통령이시여,

어떻게 북한 문제를 잘 해결하셨는지요?"

대한민국 국민은 아직 김정일의 공갈이 두렵고 치가 떨린답니다."

# 5,400만 불의 송사(訟事)

옛날, 아주 먼 옛날이야기가 아닙니다.

신대륙 동부지역에 아메리칸드림의 꿈을 안고 한국에서 이민해 온

정진남 씨 부부는 세탁소를 경영하며 살았더랍니다.

하루는 마을의 한 아저씨가 맡긴 세탁물 중에서 바지 하나가 분실된 것을 확인하고

아주 난감해졌습니다.

정 씨는 분실한 바지의 주인인 피어슨 씨에게

백배사죄하고 변상해줄 것을 다짐했습니다.

그러나 피어슨 씨는 소비자 보호법을 들어 손해배상 청구소송을 냈습니다.

일금 5,400만 불, 눈과 귀를 의심하시는군요.

애초엔 6,700만 불이었는데

주변의 따가운 시선에, 대폭 양보해

5,400만 불이 된 것입니다.

잃어버린 바지 하나의 값이라니……

그런데 피어슨 씨는 어떤 사람이냐구요?

그의 신분을 알면 날벼락을 맞는 충격을 받을 테니 먼서 강심제 한 알 드십시오.

그는, 워싱턴 DC의 행정법원 판사랍니다.

세탁소 주인이 경기(驚氣)를 일으켜 기절했겠지요.

이웃 주민들이 분노하고, 미국의 여론이 들끓었지요.
재판정에서는 어떤 판결이 날까요? 궁금하시죠? 우리 다 같이 기다려봅시다.

# 5,400만 불의 꿈은 사라지고

2007년 6월 12일 워싱턴 DC 고등법원에서 분실 바지 배상 소송의 재판이 열렸다.

피고는 세탁업자 정진남.

원고는 워싱턴 DC 행정판사 로이 피어슨.

"원고 측 증인들에 대한 심리가 열린 이 날 법정에서 원고인 피어슨 판사는 바지 분실에 대한 소송을 취하하고 '고객 만족 보장'이란 세탁소 광고 문구에 대한 사기 혐의 소송만을 유지하겠다고 밝혔다. 변호사 없이 재판에 나선 피어슨 판사는 고객 만족 보장 문구로 자신만이 아니라 포트 링컨 지역의 주민들도 피해를 입었다고 주장했으나 판사에 의해 기각당했다."[1]

피고의 변호인 크리스매닝 변호사는 법정에서 원고를 향해 바지 분실 부분에 대한 소송 취하를 보면서

"바지 분실이 모든 사건의 근원인 만큼 재판 진행에 중대한 영향을 끼칠 수도 있다"고 말했다.

원고 로이 피어슨 행정판사는 소송 직후 커스텀 크리너스의 서비스에 불만을 가진 사람을 찾는 광고를 통해 모은 증인을 내세우면서 정진남 씨 가게의 '고객 만족 보장'이란 문구가 제대로 지켜지지 않았음을 강조했다.

---

[1] 미주 중앙일보 워싱턴 지사 박진걸 기자의 기사를 따옴.

이에 대해 변호인은 "이들 증인이 서비스에 만족하지 못했다고 해서 수천만 달러를 요구한 경우는 없으며" 또 "서비스에 불만이 있으면 자유 시장 경쟁 원칙에 따라 다른 가게를 이용하면 그만"이라는 주장으로 반박했다.

사건을 담당한 고등법원의 주디스 바트노프 판사는 양쪽 변론을 다 들은 후 원고 피어슨 씨에게 승소할 경우 5,400만 불 보상금으로 무엇을 할 것이냐고 물었다. 피어슨 씨 답변은 변호사비 50만 불, 정신적 피해 보상 200만 불, 소비자보호기금으로 5,150만 불을 사용할 것이라고.

야ㅡ!ㅡ?

한 행정판사의 꿈은 인간적인, 너무나 인간적인 탈을 쓴 흡혈귀에 다름 아니었네.

주디스 바트노프 판사의 판결문의 결론은

'어떠한 보상도 받을 권한이 없다.'

한 판사의 농간을 심판한 재판장의 판결에

5,400만 불의 꿈은 법복을 입은 철면피의 현실로 돌아오다.

# "됐네, 이제 자네는 사는 거야"

## – 문형배 판사의 판결

어느 판사의 주술이란다.

"피고는 '자살'을 열 번 복창하시오."

자살? "자살자살자살자살자살자살자살자살

살자살자살자살자살자살자살자살자, 사알자."

"방청객 여러분! 지금 이 피고는 무엇이라고 반복하던가요?"

잠시 술렁이던 방청석에선

일제히 한목소리로 터져 나온 말

"'사알자, 살자'라고 반복했습니다"

"피고는 들었는가? 나와 방청석의 모두가 자살이 아닌 '살자'로 들었노라.

그러니 죽어야 할 이유를 살아야 할 이유로 고쳐 생각해 새롭게 살아가라.

됐네, 이제 자네는 사는 거야."

판결문은 단호하고 명쾌했다. 예수님의 말씀처럼 믿음과 사랑의 주술이 32세의 청년을 재판정에서 걸어 나가게 했다니……

카드빚 3천만 원이 한이 되었나.

그 빚 갚을 길 없어 비관,

방화(放火) 자살 미수된 청년의 의식 속에, 말이 씨앗이 되어 살아야겠다는 희망의 말,

주술의 힘을 넣어 준 문형배 판사님, 그것은 따뜻한 사랑의
판결이었습니다.
좌절을 희망으로 바꿔주는 주술사이시니,
솔로몬의 지혜런가
이 시대의 정의, 이 시대의 자비를 한 몸에 지니셨도다.

2007. 2. 8.

# 동북공정, '두더지 혼인 같다'[1]

오랑캐꽃은 철따라 피고 지나
백두대간 태백산 장마루엔
오랑캐가 없다.
신화속 단군왕검의 신시(神市),
아사달(阿斯達) 1500년 역사를
이번엔 두더지 작전, 동북공정인가.
진개(秦開)[2]의 동방 침략,
우중문(于仲文)[3]의 살수 침입,
그 때 그 야욕을 우리는 알고 있다.

아직 발해(渤海)의 역사가 숨 쉬는 곳
동편의 개원(開源)은 어디메인가.
남쪽의 함남,
북쪽의 흑룡강은 모두 우리 땅
오랑캐가 훔쳐보던 해동성국(海東盛國),
발해는 영원히 살아있다.
한류(韓流) 속에 이어 온다.

2007년 봄

---

1  제 본분을 지키지 못하고 엉뚱한 희망을 품는 자를 빗대어 쓰던 속담.
2  연(燕)의 장수.
3  고구려(영양왕) 때 수나라 장수로 살수(지금의 청천강)까지 왔다가 패퇴함.

# 죽은 자의 고백

## - Virginia Tech 희생자를 추모함 [1]


1

아직은 우리의 죽음을 슬퍼하지 마세요.
왜 우리가 죽임을 당했는지
우리들은 모릅니다.
하나님도 아직 말씀이 없습니다.
아직, 아직은 우리의 죽음을
속단하지 말고 슬퍼하지 마세요.


2

내가 왜 저들을 죽였는지
그리고 왜 나도 자살했는지
아직도 나는 모릅니다.
세상 사람들의 저주와
세상 사람들의 연민의 정을
떨어지는 폭포의 성난 함성처럼
아직 나는 모릅니다.


2007년 5월 Rockvillle, Maryland에서


1  미국 버지니아 공대생인 재미교포 조승희 군이 동교생 32명을 살해하고 자신도
   자살한 사건

# 누걸래치[1] 타령

나는야 누걸래치,
작년에 왔던 작년에 왔던
죽지도 않고 죽지도 않고
오라는 데도 갈 데도 없네 없어
길 난 대로 발길 닿는 대로
죽지도 않고 갈 데도 없어
헛간에 들어 송아지 끼고 자면
어릴 적 어미 품 같아 꿈나라에 살다.

아침 햇살처럼, 함박눈이 펑펑
오늘은 떠나갈 길이 없네
오라는 데도 없고
찾아갈 님도 없네
나는야 누걸래치,
등짐도 없이
마음도 허허롭다
나는야 누걸래치,
이 땅의 싱자가 되있네.

---

1  거지

# 댕가지밭에 체네 둘이[1]

체네[2] 두리 산 길을 가넌데
뒷일이 보고파 사방을 살피다가
댕가지 바트루 들어 갔지요

댕가지[3] 바테 댕가지꽃
나비도 오고 잠자리도 와
봄 나드리 합네다

파랑 댕가지 빨강 댕가지
쑥쑥 자라서 쑥구쟁이[4] 총각
코만큼 자라서 먹어 보고 시펏디요[5]

체네 두리 산 길을 가다가
댕가지 바테 숨어 댕가지 뜨더 먹고
콩알가튼 눈물을 흘렛담네다[6]

---

1  평안도 사투리를 소리 나는 대로 표기한 것임
2  처녀
3  고추
4  숯 굽는 사람
5  심었지요
6  흘렸답니다

쑥구쟁이 총각이 와서
코 빨간 체네만 업어 갓디요

# 캐거던 캐거던

우레 소리에 놀란 당펑
캐거던 캐거던 하고
풀섶에 대가릴 쳐박고 발발 떨더니
이번엔
캐무다 캐무다 하딜 안캇소.
그 놈의 사연,
옥한상데[1]의 명으로 캐토란 구하러
이 세상에 내려와
먹을 게 많으니 좋고
산천경개 좋아 눌러앉으니
이젠 제대로 날 줄도 몰라
옥황상제한테 올라갈 수도 없고
우레소리만 나면
옥황상제가 노한 줄 알고
캐거던 올라갑니다.
캐거던 올라갑니다.
지금, 캐무다 캐무다하고
거짓부렁만 하디요.
에라, 이 땅에 눌러앉아 살자구 맘 먹구

----

1  옥황상제

새벽 마을 물가에 물 마시러 내려오면

수탉이

꼬오옥 꼬오우욱— 꼭

꼬오옥 꼬오우욱— 꼭

우렁차게 울거딩, 저두 한번 해본다는 게

꺼억 껙 껙 꺼억 껙 껙

수탉이 하는 말

쟈는 왜 목 째디는 소리만 하네?

*임석재 전집 『한국구전설화』 中 구술자 윤재준(1935. 7. 평북 의
주군 광평면 상광리), 金國炳(1936. 1. 평북 선천군 산면 하단동), 劉昌惇
(1936. 7. 平北 義州군 고관면 상고동) 등 3人이 각기 구술한 내용을 종
합, 재구성한 것임.

# 떡국새

1
떡국새 야그 아나?
몰라 예…….
시어머니가 들려주신 야그요.
시집살이 되지,
새댁 하나가
시집살이가 어떻게 되던지
먹이지도 않고
된 시집살이만 시킨 개
하도 딱허이 앞집에서
떡국 한 그릇 갖고 와서 준 개
무슨 웬수로 여시 같은 시어머니가
문 틈으로 내다봤네, 그것을 본거여
부뚜막에다 놓고 바가지로 덮어놓고,
물을 질어가지고 와서 보닌개
김동지네 개가 따라와서 싹 쓸어 먹고 갔네
그러닌게 없지, 저도 안 먹었지
그런게 시어머니는 방안에서 여시마냥
내다 봤는디, 안 갖다 주닌게
'김동지네 집에서 팥죽 가져온 것
너 혼자 다 먹었냐?

너 혼자 먹었냐구'

새댁, 말을 못혀

이거참 뭔 변고여

그래 시어머니가 패서 죽였대

며느리를 고무래로 허리를 쳐서 죽였지

그런게 죽어서 떡국새가 됐어

떡국은 김동지네 개가 먹었는디

애매하게 죽었다고 울고 대녀

밤마다 마을 서낭당에 와서

떡국 떡국

밤마다 고추밭머리 미루나무에 와서

떡국 떡국

날새는 줄 모르고

떡국 떡국.


2

세월은 갔어도

오늘도 떡국새는 운다.

떡국 떡국

이 고을 저 고을에

어제도 내일도

떡국 떡국.
여시 같은 아, 여시 같은
권세가들의 말장난이
나를 미혹하네.
무슨 웬수라고, 무슨 웬수라고
떡국 떡국
나를 미혹하나.


*『한국구비문학대계』(전북편)』 중에서 송만성 씨(여)의 구술.

1980년 1월 29일. 완주군 동산면 신월리. 최내옥, 권선옥, 강현모

씨 채록.

# '가카 게 새끼 짬뽕' 먹어 보셨나요?

한 판사님[1] 께서 느닷없이
'가카 새끼 짬뽕'을 만들어 팔았더랍니다.
상표 이름에 놀란 많은 사람들이 귀를 의심해,
온 나라에 소문이 퍼져나갔습니다.
기발한 상표 덕분에 명성을 얻은 판사님 이번엔 한 수 더 떠
'가카 게(개) 새끼'표 짬뽕을 만들어 팔았더랍니다.

여러분 '가카 게 새끼 짬뽕'
들어 보셨나요?
먹어 보셨나요?
'게 새끼'가 함정이었습니다.
멋진 야유(揶揄)와 풍자(諷刺)라구요?

판사 자격증 가진 여러분!
여유로이
침묵의 로망스[2]에 빠져
들어보지 못했다구
먹어보지 못했다구

---

1   2011년 이정렬 부장판사(창원지법)가 자신의 페이스북에 〈가카 새끼 짬뽕〉 사진
    을 올리면서 화제가 되었음
2   헨리 비에니아프스키의 쌀롱 음악 제목임.

무엇이 부끄러운 듯
법복으로 얼굴을 가리시나요?

말재간으로 먹고사는 법조인들
'가카 새끼 짬뽕' 먹어 보고
어떤 맛인지 강평해 주셔요.

2012년

# '부동산 내각'이야?

다 망해버린 개털들이라지만 아직은 또 한판 진검승부가 남아있네.

안방에 앉아 인재를 모으니 '고 소 영'이라,

말꾼들은 '햐⋯⋯ 참으로 훌륭한 부동산 투기 내각'이네. 말싸움 걸기도 좋다, 백성들의 입맛에 맞는 떡밥이 '조·중·동·문'[1]에서 유비통신에까지 전국 방방곡곡으로 퍼져나가니

개털들에게도 귀가 쫑긋, 유권자들이 수근수근 좋은 소리 들린다.

한 표 한 표 입질이 잦을런가, 다시 한번 역전의 반란은 시작되네.

---

1 조선, 중앙, 동아, 문화일보의 약어

# 권불 10년이라고?

권불 10년이라고? 그 말이 딱일세, 마는
산자여, 따르라 아직 게임은 끝나지 않았소이다.
양복 입은 점령군은 외계인처럼
'고소영' '강부자' 정권으로 출정선포식을 한다.
탕! 탕! 탕! 세 발이 명중이요!
그래도 몇 마리 제비족들은 날지도 않는구나.
발바닥에 접착제가 이미 굳었나, 총성에 귀가 먹었나.
개털들의 반란은 또 한번 오뚝이처럼 일어날 거야, 일어날
거야!
꿈 깨! 꿈 깨라했지?
싸우지 마라, 싸우지 마라
이 강산에 지천으로 깔린 무궁화꽃은
오늘도 피어날 겁니다.
싸우지 마라, 싸우지 마라
우리는 다 알고 있다.
니 알고, 내 알고
누가, 누가 왕따 될지
우리는 다 알고 있다.

4부

미나리는 사철이요

장다리는 한철이네

임오년 우화

# 예레미야[1]


神의 소명(召命)으로 예언하는 자

이스라엘, 그 참담한 나락으로

낙엽처럼 떨어져 갈 때

그는 희망을 계시(啓示)한다

인내하는 神의 이름으로

신성한 인격으로

그 백성이 다시 태어나길 기원하는 예레미야

지금,

이 나라에

이 백성의 영혼 속으로

희망을 선포하는 자

살아 있는 예언자는 없는가


---

1  예레미야는 이스라엘 역사상 가장 암울했던 시대에 하나님의 소명으로 태어난
   선지자이다.

# '종북(從北) 사제·수녀'님들의
# 고해성사 받습니다

'정의구현사제단' '한국천주교주교회의 정의평화위원회'의
'종북 사제·수녀'님들, 먼저 천주 교우 앞에 고해성사하십시오.


## 1. 어찌하여 '종북의 온상'이 되었습니까?

'주체사상은 훌륭한 사상'
'김일성의 영생 기원'
'연방통일의 찬성'
'추기경의 국가보안법 필요성 강조는 노망'
'KAL기 폭파범 김현희는 가짜'
'천안함 북한소행 단정 불가……'

종북 사제들이 '정의'라는 미명하에
주장해 온 내용들입니다.
'원탁회의' 멤버로 정치 행각을 벌이면서 정당의 공천권에
관여한 사제도 있고,
"노무현 전 대통령이 투신한 부엉이바위는 부활과 승천의 자
리"라며 예수님을 모독한 사제,
제주도 해군기지를 '해적기지'로 그린 만화를 배포한 사제,
'정구사의 시국기도회를' 성령이 하시는 일'이라고 호도한

사제.

이들이 바로 '종북구현' 사제단이자 '세속정치' 집단이 아닌 가요.

대한민국수호천주교인모임 일동(1913년 10월 7일).

저들의 종북 구호가 사제들의 사도신경이 되었으니,

주님이시여,

저들을 어찌하오리까.

## 2. '한국천주교주교회의 정의평화위원회'는 뭐 하는 조직입니까?

'천주교 정의평화위원회'는 8월 14일 대구 · 안동교구의 '국정원 대선개입규탄 시국선언'을 위시한 정치성 행사를 주최. 환경 절대주의를 앞세우고 고속철 터널, 새만금, 원전, 송전탑, 제주도 해군기지 등 국책사업들을 마구잡이로 반대하고 있습니다. '정평위' 사제들은 에어컨도 안 켜고 KTX도 안 타고 삽니까? '정의'의 이름으로 오히려 공동선(公同善)을 해치는 것 아닙니까? '정평위'는 해방신학의 전도자인가요, '정구사'의 2중대인가요? '정구사'와 '정평위'는 친북 ·

반미 · 반 정부를 주도하는 쌍두마차인가요? 아니면, 무늬만 '정평위'이고 내용은 '정구사'입니까?

대한민국수호천주교인모임 일동(1913년 10월 7일).

'정의구현 사제단', '천주교정의평화위원회' 여러분 어서 고해성사하십시오.
교우들이 사제들의 고해성사를 들어야 하는, 입장이 서로 바뀐 이 현실을 애통(哀痛)합니다.
주체사상, 해방신학이 사제들의 교리가 된 것은 아닌가요?
그것을 자문(自問)해 보십시오.

## 3. 국민 여러분!

세칭 '천주교정의구현전국사제단'을 포함한 좌 성향 사제와 수녀들이 교회를 분열시키고 있음은 어제오늘의 일이 아닙니다. 이들은 국보법 철폐, 주한미군 철수 등 북한의 통일전선전술에 부합하는 주장을 일삼았고, 2010년에는 교황성하의 교도권을 무시하고 정진석 추기경님에게 사퇴를 겁박했으며, 지금도 제주도 해군기지, 한미 FTA 등 국민의 생존과 번영을 위한 국가사업들을 훼방하고 있습니다.

대한민국을 헐뜯는 사제들은 들으라.

이제 우리는 그대들로부터

'사제에 대한 예우와 존경'을 철회한다.

성인(聖人)들의 고귀한 순교혈(殉敎血)로 지켜온 교회를 더이상 더럽히지 말라.

애국 교우 여러분! 이제 침묵에서 깨어나 행동에 나설 수밖에 없습니다.

평신도의 현세질서 바로 세우기 의무와 국가에 대한 사명을 명시한 〈제2차 바티칸공의회 평신도 사도직에 관한 교령(1965)〉 제2장과 제5장에 부합하는 것이라 생각합니다.


대한민국수호천주교인 모임발기인 일동(1913년 9월 24일).


– 남남 갈등을 조장하는 종북세력에 신물이 난 한 시민


"정구사, 정평위가 아지트(agitation point)[1]화 되어가는 것은 아닌지, 묻고 싶습니다."

어서 사우나탕으로 돌려주세요.[2]

---

1 비합법적인 운동이나 노동쟁의 따위의 근거지로 사용하는 집회소나 지도본부

2 어느 사우나탕에서 수건 도난 방지를 위해 수건에다가 '훔친 수건'이라고 찍어 쓴다는 기사를 읽고.

# 꼿꼿장수 나와라

꼿꼿장수[1] 나와라
어디 어디 숨었니
전세방에 숨었니 옥탑방에 숨었니
파장 난 오일장터 끄트머리에 앉은
신기료장수에게 물어라

눈이 흐려 못 찾겠다, 꾀꼬리

십년세도 파장났다, 꼿꼿장수 나와라
새 나라의 간성, 꼿꼿장수 나와라
무궁화꽃이 피어나면 정상배들 울고 간다
꼿꼿장수 나와라
어디 어디 숨었니

---

1  김장수 : 당시 국방부장관 신분으로 방북해 김정일과 인사를 나눌 때 머리를 숙
   이지 않고 꼿꼿이 서서 악수했다고 해서 '꼿꼿장수'라고 언론에서 붙여준 별명

# 이팝에 소고기국을

누가 여호와와 같은가
예수님과 비교할 자는 없나니
오직 유일한 존재이시라
'강한 이방을 판결하시리니 무리가 그 칼을 쳐서 보습을 만
들고 창을 쳐서 낫을 만들 것이며/ 이 나라와 저 나라가 다
시는 칼을 들고 서로 치지 아니하며 다시는 전쟁을 연습하지
아니하고/ 각 사람이 자기 포도나무 아래와 자기 무화과나무
아래 앉을 것이라'(구약 미가 4:3~4).

도둑고양이 목에 방울 달아주기가 힘들다지만
北의 正日이 아저씨의 귀에
이 미가의 예언을 꼭 전하여야겠는데 누가 나설까?
만천하에 드러난 아버지의 유훈정치 그 제일 으뜸이 되는 것
은 백성에게 언젠가는
"이팝에 소고기국을 먹이면 될 것 아닌가?"
라고 반문하시던 그 음성을,
正日이 동무, 이제 상다리가 부러질 만큼 회갑 잔치도 받았
으니
곰곰이 곰곰이 생각해 보셔요.

# 벼슬아치와 농부

옛날 옛날 고래적 옛날
한 농부의 소가 벼슬아치의 콩밭을
밟고 지나갔다
그냥 지나만 갔을까
콩도 따 먹었겠지……
벼슬아치,
"네 소가 내 콩밭을 밟아 뭉갰으니 어찌하겠느냐?"
농부,
"어찌 보상해 드려야 할까요?"
벼슬아치,
"벌로 네 소를 뺏는다."
"억? 억억……"
(이것이 바로 가렴주구(苛斂誅求)로구나)
백성들은 수군수군
"아닙니다. 그 말은 혜전탈우(蹊田奪牛)[1]라는 고사(故事)에서

---

1 남의 소가 내 밭을 짓밟았다고 그 소를 빼앗다. 가벼운 죄에 대한 처벌이 혹독하다는 뜻(外傳 19).
　춘추시대 진(陳)나라의 대부 하징서(夏徵舒)가 자기 집에 놀러 와 술을 마시고 돌아가는 임금 영공(靈公)을 시해(弑害)했다. 이 소식을 들은 초(楚)나라 장왕(莊王)이 군사를 일으켜 진(陳)나라의 수도를 공략하고 하징서를 죽임으로써 세상 사람들의 박수를 받았다. 장왕은 내친김에 진나라를 초나라의 한 고을로 만들어 버렸다.

나온 것입니다."

그렇다면
밉보인 언론사는 과세정의(課稅正義) 차원에서 조질 수도 있
지요.
아마 작살 날 거요, 입조심 !
그러나 붓끝은 칼날같이, 조심조심

이렇게 장왕이 우쭐해 있을 때 제(濟)나라에 사신으로 가 있던 대부 신숙시(申
叔時)가 돌아왔다. 그가 장왕에게 업무보고만 하고는 그대로 물러나려고 하자
장왕은 불쾌한 표정으로 불러 세우고는 말했다.
"하징서가 무도하게도 그 임금을 시해했기 때문에 과인이 쳐들어가 그를 죽였
다. 제후(諸侯)와 현공(縣公)들이 모두 축하해주는데 그대만 아무 말이 없으니
무슨 까닭인가?"
시숙시의 대답은 이랬다.
"임금을 시해한 죄는 물론 크지요. 그를 처단하신 전하의 의리는 대단합니다.
그러나 어떤 사람의 소가 내 밭을 짓밟았다고 해서 그 소를 빼앗을 수는 없습
니다.(중략)
장왕은 고개를 끄덕이며 말했다.
"맞는 말이야. 과인의 생각이 미치지 못했었군. 지금이라도 돌려주면 되지 않겠
는가."
그 신하에 그 임금. 장왕은 빼앗은 진(陳)나라를 즉각 원상회복 시켜 주었다.

# 농부와 벤호사

한 농부의 콩밭을 변호사네 소가 다 뜯어먹었다.

황당해진 농부 걱정이 태산이네

(말 재간으루 벌어먹는 벤호사님한테 어떠케 허문 벤상을 받아낼까. 허, 참)

농부:

"벤호사님 우리 소가 벤호사님네 콩밭을 다 뜯어먹었넌데 내레 콩깝슬 물어야 합네까 안 물어야 합네까?"

변호사:

(참 무식한 농부로구나)

"당신의 소가 우리 콩밭을 다 뜯어먹었으믄 당신이 마땅히 콩값을 물어야디요. 안 그렇쏘?"

농부:"아 참. 내레 말을 잘못했수다. 벤호사님네 소가 우리 콩밭을 다 뜯어먹었넌데, 벤호사님이 콩깝슬 물어야 합네까 안 물어야 합네까?"

변호사:

"메라구? 이 먹통아！"


조선민주주의인민공화국 나발통,

"요지음 남한 땅은 어수선하니까, 북남회담은 금강산에서 엽시다."

대한민국 나발통,

"안되지요. 약속한대로 서울에서 열어야하지요. 하지만, 뭐

89

그렇다면 서울도 아니고 금강산도 아닌,
평양에서 열어봅시다."
조선민주주의인민공화국 나발통,
"안됩니다. 금강산에서 안하면 안 되디요."
대한민국 나발통,
"그럼, 묘향산에서 열면 좋겠는데…"
조선민주주의인민공화국 나발통,
"안 됩니다. 금강산이 아니면 절대로 안 됩니다."
대한민국 나발통,
"그럼, 그쪽 사정이 있는 모양이니 금강산에서 합시다."
아이쿠! 우린 다 죽었구나
울화통 터져 다 죽겠네
(빌어가며, 끌려가며, 퍼 주어가며 고삐 잡힌 소처럼 북한에 이끌려 다닌
다고)[1]
변호사한테 벤상 받은 농부, 그런 지혜 있는 농부가 하나 있
어야겠구만.

　　　　　1937년 7월 평북 신의주부 노송정에서 김호영이 구술한 내용

(임석재, 『임석재 전집1 ─ 한국구전설화』에서 일부 차용

---

1　권철현 한나라당 대변인의 말(2001. 10. 31. 중앙일보 「말말말」란에 인용).

# 개짖는 소리로 개그한 레노

## - 바보의 유식(有識)


바보가 제사 지낼라고 장닭(수탉)을 잡아 털을 뜯다가 그만
놓쳐버렸어.
그러자 바보가 길가는 사람 보고,
"우리 계란아버지 꾀벗고(옷벗고) 간 것 못봤소?"
하더라네[1]

눈에 보이는 것을 '못 보았네'
오심(誤審)에 항의하는 말엔
'짖지 마라잇!'
술에 물 탄 듯, 물에 술 탄 듯 갈지之자로
잘도 웃기네
주걱턱 제이 레노[2]의 개그입니다

금동성[3]의 금메달을 꽉 물었다가
이빨이 상했다는구만
개고기도 못 먹어 보고

---

1  1965년 1월 23일 전북 남원군 운봉면 동천리 朴東信(69세)의 구술. 최래옥 『全北
   民譚』에서
2  미국 NBC방송국 Tonight Show의 사회자
3  김동성 선수 귀국하던 날 어느 스포츠 신문에 제목으로 뽑은 이름. 우리 국민의
   정서에 공감할 수 있는 것이었음. 그날 타 스포츠 신문의 제목 뽑기와 비교할 때
   단연 압권이었음.

이만 상했으니 참 안되었소
웃기는 개그하다
바보의 유식(有識)이 되었네
한밤에 집집마다
개 짖는 시늉 따라 하니

미국에 개가 많은 것을 이제 알았네
남에게 욕지거리하면
그 욕이 자신에게 되돌아 오는 걸

레노야 레노야 너만 몰랐구나
개 짖는 소리로 개그한 레노를
개 짖는 소리허다 개가 된 레노로
잘못 들으면 실례가 되겠지

# 가자 가파도, 마라도

우리 모슬포(慕瑟浦)의 배가 뜨고 들어오고 하는 디를 돈지라
고 합니다. 마치 제주목안으 항구에 배가 뜨고 들어오고 하
는 디를 산지라고 하듯이.
모슬포 앞바당에는 마라도 가파도라는 두 섬이 잇수다. 그래
서 돈지 가파도 마라도으 지명(地名)을 가지고 제주 사름을
우스개 말을 합니다.[1]

당신 어디 가오
나 돈지로 가오
(돈을 지러 가?)
돈은 어떤 돈?
가파도 돈, 마라도 돈
(갚아도 되고 말아도 되는 돈이……)
그럼 나도 갑시다
가세! 너도 나도
돈지러 가세
만선(滿船)이 들고 나며
풍악 울리니
우리 모슬포, 돈지로 감세

---

1  『임석재 전집』 1942년 7月 濟州道 大靜郡 慕瑟浦 李景仙(81세, 女)의 구술

에헤야 디야

지국총 지국총

배저어라

돈지러 감세

가파도, 마라도

# 구린내전(錢) 타령 [1]

엽전타령
질루질루[2] 가다가 엽전 한 푼 얻었네
얻은 엽전 남 줄까, 바늘 한 개 샀네
산 바늘을 남 줄까, 낙수[3] 한 개 위었네[4]
위인 낙수 남 줄까, 붕어 한 개 나꿨네
낚은 붕어 남 줄까, 회 처라 장을 처라
목구멍으로 디리처라 똥구멍으로 내리처라

처라 처라
힘주어 내리처라
길섶에 짤랑! 엽전 한 개
구린내전이 되었네
금화(金貨)가 되었네

이번에 누구 손에 들어갈까
노름쟁이 손에 들면 백 냥 천 냥
불렀다 잃었다 요술 엽전이더니

<hr>

1  任晳宰전집 4 『한국구전설화』 구술자 이신복, (1933. 1. 강원도 通川군)
2  길로
3  낚시
4  휘이었네

큰일 할 사람들 손에 들어가면
돈세탁 방망이질해 남 주랴
돈세탁해 먹어야 무탈이네
한 번에 먹어 치우면 내일은 어찌하나
차명계좌 많이 터서 까치밥 숨겨두세
차명계좌는 고구마밭에 터놔야
주렁주렁 얼키어 귀신도 못 찾는 법

질루질루 가다가 엽전 한 푼 얻었네
줏은 엽전 구린내전 돈세탁 많이 해서
주식조작 잘하면 금나와라 뚝딱
구린내전이 금화되고
금화가 똥전이 되걸랑!
목구멍으로 디리쳐라
똥구멍으로 내리쳐라

# 뭐라고?

## 제자들의 충성 [1]

우리나라 학자로스 가장 훌륭한 분을 이퇴계 슨생하고 이율곡 슨생을 치는 긋은 아마도 누구나 다 그를 긋입니다. 그른데 이 두 분 중 으느 분이 드 훌륭한 분이냐 하면 사람에 따라스 다를 긋입니다. 즉 이퇴계(李退溪) 슨생으 弟子들은 퇴계 슨생이 栗谷 슨생보다 드 훌륭하다 하고 이율곡 슨생으 제자들은 율곡 슨생이 퇴계 슨생보다 드 훌륭하다고, 이렇게 스로 즈으 슨생이 훌륭하다고 자랑하는 그죠. 이 두 분이 다 훌륭하다는 긋은 다 알고 있는데 그 제자들은 자기 슨생이 드 훌륭하다고 하는 긋입니다. 이렇게 스로 제 슨생이 훌륭하다고 자랑해 봤자 결판이 안 나니까 그름 우리 슨생님이 일상 생활을 으렇게 지나시는가를 보고 결판하기로 하고 우슨 므즈 두 분이 밤에 내외간에 지내는 긋을 보고 결판내자 이렇게 이논이 됐드랍니다.

그래 므즈 율곡 슨생 제자들이 우리 슨생님부틈 보자 하고 율곡 선생하고 부인하고 주무시는 긋을 보기로 했어유. 보니께 율곡 슨생이 내외간에 잠자는 데도 참 음숙하게 하그든

---

1 『임석재 전집』 1973年 9月 23日 論山郡 陽村面 南山里 金永敦(57세, 男) 구술

유. 도포(道袍)를 입고 무릎을 단정히 꿇고 조금도 흐트르짐 없이 증중히 하그든유. 그래서 이글 보고 이율곡 슨생님 제자들은 아아 이그 참 우리 슨생님은 안이나 그죽이나 역시 훌륭한 슨생님이시라고 감탄했대유. 그 다음에 이퇴계 슨생 차례가 돼스 퇴계 슨생으 제자와 율곡 슨생으 제자들이 다 모여가주고 같이 퇴계 슨생 댁으로 가스 그 내외분이 밤에 지내는 모습을 보았는데 아아 퇴계 슨생으 하는 짓이란 그야말로 난잡하다 할까, 므라고 할까 차마 눈뜨고는 볼 수 없는 짓이드래유. 둘이는 빨가붓고 둘이 엉키으스 방바닥을 헤매고 돌아가며 소위 四十八手, 요새는 五十手라 하지마는, 므, 가진 방법을 다 쓰가면스 아주 유쾌하게 내외간으 정사(情事)를 질급게 하드래유. 그래 그른 굿을 보고 율곡 슨생으 제자들은 아아 즈 보라고, 퇴계 슨생은 즈른 짓 한다고, 속 달코 끝 달타고 밖으로는 즘잖은 체하지만

남 안 보는 데스는 그렇게 난잡하다고, 퇴계 슨생으 제자들도 즘잖은 슨생님이 즈를 수가 있느냐고 즈른 슨생 밑에스 우리가 으뜨게 드 공부하겠느냐고 증나미가 뜰으줬다는 그유.
자아 이릏게 됐으니 이율곡 슨생은 성인군자(聖人君子)로스 드 훌륭한 분이고 이퇴계 슨생은 아조 망나니라고 이율곡 슨

생만 못하다고 이렇게 결판이 난 그죠.

그른데 몇몇 제자들은 학덕(學德)이 많은 퇴계 슨생이 으째스 그른 난잡스른 짓을 할까 하고 한 븐은 물으보로 갔으유. "先生님께 말슴드릴 게 있습니다." "게 무슨 말인가?" 하고 아조 즘잖게 말씸하신단 말이유. "저이들은 율곡 슨생으 제자들과 스로 자기들이 모시고 있는 슨생이 드 훌륭하시다고 자랑을 했는디 결판이 나지 안해스, 슨생님들이 밤에 부인과 으릏게 잠자리를 하시는가 그긋을 보고 판결하자 하고 두 분으 잠자리를 엿봤는디", 이게 말했단 말이유.

그르니까 슨생은 조금도 안색을 변하시지 않고 다음과 같이 말하드랍니다. "사람으 남녀간으 이치라는 긋은 음양(陰陽)으 도에 따라스 질급게 하여야 하는 긋이지 음숙하게 하는 긋이 아니다. 그긋이 인간으 본능인데 이 본능을 윽제한다든가 숨긴다든가 하여스는 음양지도(陰陽之道)에 으긋나는 긋이다. 陰陽之道에 으긋나지 않게 사는 긋이 진중한 인간으 생활이니라." 先生으 말을 듣고 제자들은 이퇴계 슨생이 인간 생활에 대해서 이율곡 슨생보다는 드 깊고 폭넓은 지식과 이해를 가지신 긋을 알고 이퇴계 슨생을 이율곡 슨생보다 드 훌륭한 학자로스 즌보다 드 경앙하게 되었다고 합니다.

뭐라고?

'스승의 똥은 개도 안 먹는다' 했지?

'스승의 그림자는 감히 밟지도 말라' 했지?

네. 그렇습니다만…

그럼 너희들은 어째

몰카[1]로 스승의 사생활을 찍어댔느냐

몰카비디오를 팔아서 선생님을 도우려 했습니다.

허허 기특하이

그럼,

감청, 도청은 어째 더 늘어만 가는고

(관아官衙에 몸담고 있으면서 스스로 불법을 일삼고 있다…)

불행한 사태를 막기 위해선 불가피한 조치입니다

흐흐흑─

'불법인 줄 알지만 좋은 일이니 묵인한다'는

그 분의 말씀과 궤를 같이하는구나

때에 따라서는 정의가 불법일 수도 있고

불법이 정의가 될 수 있다는 말씀이구만

퇴계는 율곡을 능가하는 학자인가

제자들은 말합니다. 백성들은 말합니다.

---

1   몰래 카메라

뭐라고?

솔직한 말씀 새겨들어야.

# 미태랑의 거짓말 사기(詐欺)

## 명판결(名判決) [1]

옛날에 종이장수가 종이짐을 지고 장으로 팔러 갔는데 뒤가
마려워서 종이짐을 부려놓고 뒤를 보러 갔다가 돌아와 보니
종이짐이 없어졌다. 그래서 관가에 가서 원님보고 잃어버린
종이짐을 찾아 달라고 소지를 정했다. 원님은 종이장수의 말
을 듣고
"사람이 많은 장바닥에서 네가 잘못 해서 잃어버린 종이짐을
어떻게 찾아 달란 말이냐. 나가거라."
하고 종이장수를 내보냈다.
그리고 나서 원님은 기생을 데리고 골 밖에 경치 좋은 데 가
서 술상을 차려놓고 하루종일 질탕하게 놀았다. 그러고 해가
저물어서야 관가로 돌아오는데 오다가 길가에 장승이 서 있
는 것을 보고
"저기 서 있는 놈이 어떠한 놈이기에 官行次가 지나가는 앞
에 거만스럽게 버티고 서 있느냐."
하고 따라오는 관속에게 물었다. 관속은
"예예 저것은 사람이 아니고 장승입니다."
하고 말했다. 원님은

1  1943年 9月 안국정(京城府 安國町) 산내선규(山內善奎) 구술

"아무리 장승이라 하여도 관행차 앞에 눈을 부라리고 거만스럽게 서 있으니 무례하고 괘씸하구나 내일 문초하겠으니 저 놈을 잡어다가 옥에 가두고 밤중에 도망칠지 모르니 도망치지 못하게 단단히 지켜봐라."

하고 엄명을 내렸다. 원님의 이 말을 들은 관속들은 원님이 취중에 하는 말로 여기고 웃고 듣기만 했다.

한밤중에 원님은 영리한 통인을 불러 옥에 넣어둔 장승을 빼다가 아무도 모르는 곳에다 감추어 놨다.

다음날 아침에 원님은 정사를 시작하면서 관속들보고 어제 잡어다가 둔 장승을 데려오라고 했다. 관속들이 옥에 가 보니 장승은 간 곳 없이 없어지고 말아서 관속들은 장승을 찾느라고 야단법석이었다. 원님은

"멋들 하느라고 이렇게 지체하느냐."

하면서 어서 장승을 끌어오라고 성화같이 호령을 했다. 관속들은 할 수 없이 장승이 없어졌다고 사실대로 말했다. 그랬더니 원님은 소리를 높여 밤중에 장승이 도망갈지 모르니 단단히 지켜보라고 엄명을 내렸는데도 불구하고 관명을 어기고 장승을 도망치게 했으니

"너이들은 벌을 받어야 마땅하다. 너이들은 각기 종이 한 권식을 벌받는 죄 값으로 갖다바쳐라. 만일 못 바치는 자가 있으면 그 자는 매 수무 대를 맞어야 한다고 호령했다."

관속들은 원님의 말을 듣고 나가서 종이 한 권식 구해다가 원님 앞에 쌓아놨다.

원님은 종이를 잃었다는 종이장수를 불러다가 그 종이 쌓아 논 것 중에서 그 장수의 종이를 골라내라 했다. 종이장수는 자기의 종이를 골라내니 원님은 그 종이를 바친 관속을 불러 내여 그 종이를 판 자를 끌어오게 했다. 그 놈은 시장바닥의 불량배였다. 그 자의 집을 뒤져보니 이 종이장수의 종이가 있었다. 이렇게 해서 잃었든 종이를 찾어주고 종이를 훔친 자를 벌하였다. 그리고 관속들이 바친 종이는 도루다 돌려주 었다.

이 원님은 이렇게 기지를 발휘해서 잃었든 종이를 찾어 주었 다는 이야기다.


**촌극 : 미테랑의 거짓말**


등장인물 :프랑스 대통령 프랑수와 미테랑

프랑스 국립도서관 여직원

한국 대통령 노태우

장소 :서울

때 :1993. 9.

배경 : 프랑수와 미테랑 프랑스 대통령은 TGV 고속철도를 한 국에 팔기 위해, 서울 방문을 앞두고 주불(駐佛) 한국 기자들 과의 회견에서 우리의 外奎章閣 도서들을 반환할 의사가 있 다며 이미 에두아르 발라뒤르 총리에게 이 문제에 대해 이야 기 해 놓았으며 발라뒤르 총리가 프랑스 국립도서관 등 관계 기관에 이 문제에 대한 검토를 지시했다고 말했다. 또 한국 역사와 문화에 있어 매우 귀중한 것으로 생각되는 이 문서들 이 한국에 가면 개인적으로도 매우 만족스러울 것이라는 운 을 띄우고 서울에 왔다(중앙일보 1993. 9. 9).

서울에 와서는 그리스 등 다른 나라로부터 문화재 반환 요구 가 있었으나 모두 거절했는데 한국의 요구엔 응하기로 했다. 또 상징적 의미로 2권은 곧 도착할 것이라고 적극적이고 호 의적인 약속을 했다.(중앙일보 1993. 9. 14).


미테랑: TGV를 사주면 당신네 古文書 외규장각 도서들을 돌려주겠소.

노: 좋소. 고서들을 돌려준다면 계약할 수도 있지요. 날 믿어 주세요.

미테랑: 고맙소. 계약서 서명합시다.

노: 좋소

(계약이 끝나자 곧 약속을 뒤집는 광경이 벌어졌다.)

프랑스 국립도서관 여직원: (눈물을 흘리며) 이 책들은 돌려줄 수 없습니다. 우리 도서관법에 따라 해외로 반출할 수 없습니다.

미테랑: 그래. 그렇다면 할 수 없지.

TGV 고속철 판매 계약은 간단히 성사됐고 그 후 외규장각 도서 반환에 관한 약속 이행은 아직도 이뤄지지 않고 있다.

국가 원수와 국가 원수 간의 공개적 약속을 헌신짝처럼 내팽개쳤네.

그들은 누구인가.

스스로 문화대국이라고 했던가.

왜 외규장각 도서가 프랑스 국립도서관 시렁에 꽂혀 있었는가.

프랑스 대통령은 경제 세일즈를 위해선 일구이언을 문화적 수사라고 넘길 것인가.

설마 시인의 거짓말로 돌릴 수는 없는 거지.

시인의 거짓말은 꿈과 희망을 주건만

정치인의 거짓말은 배신과 불화를 낳았네.

믿는 도끼에 발등 찍힌

아, 우리 대한민국.

# 피양에선 돈지고 오라네 [1]

우리 모슬포(慕瑟浦)으 배가 뜨고 들어오고 하는 디를 돈지라고 합니다. 마치 제주목 안으 항구에 배가 뜨고 들어오고 하는 디를 산지라고 하듯이.

모슬포 앞바당에는 마라도 가파도라는 두 섬이 잇수다. 그래서 돈지 가파도 마라도으 地名을 가지고 제주 사람은 우스개 말을 합니다.

"당신 어디 가오?"

"나 돈지로 가오."

이 돈지로 가오 하는 말은 '돈을 지로 가오'하는 말로 들립니다.

"돈은 어떤 돈?"

"가파도 돈, 마라도 돈?"

이 말은 갚아도 되는 돈, 안 갚아도 되는 돈이라는 말로 들립니다.

---

1  임석재 전집, 1942年 7月 제주도 대정군 모슬포, 李景仙(81세, 女)의 구술.

# 소 떼 몰고 간 왕(王) 회장

어느 날 산신령이 나타나
王 회장의 꿈을 해몽하니
금강산(金剛山)은 금광산(金鑛山)이로구나
王 회장 노다지 캐러 갔네
소 떼 몰고 돈 지러 갔네
피양에선
올래문 오라우
돈 지고 오라우
갚아도 되고 말아도 되는 돈이라면
돈 지고 오라우
가디요, 암 가야디요
일가친척이 그립고
동포애가 넘처
돈 지고 갈랍니다

모슬포에선
돈 지러 간다는데
피양에선
돈 지고 오라네
부잣집이 망해도 3년은 간다는데
王 회장, 3년도 못 가 쪽박만 찼다네

108

金剛山은 금강시산(金僵屍山)<sup>1</sup> 이런가

햇볕으로도 녹일 수가 없구나

---

# 무엇이 무서워 못오시나요?

## - 海印寺 솥과 松廣寺 뒷간[1]

합천 해인사(陝川 海印寺) 가매솥이 픽 크다는 소문이 널리 퍼져 있고, 또 순천 송광사(順天 松廣寺)으 칙간이 픽 높다는 소문도 널리 퍼져 있다.

海印寺 중 하나가 松廣寺 절으 칙간이 높당개 이 칙간이 얼매나 높은가 그 칙간 귀경헐라고 海印寺를 나서서 松廣寺를 행히서 나섰다. 松廣寺 중 하나는 海印寺 가매솥이 크당개 그 솥 크기가 얼매나 되는가 보고 싶어서 松廣寺를 나서서 海印寺를 행히서 가고 있었다. 이 중들이 오다가다가 도중에서 만났다.

"어디 사는 중인디 어디 가오?"

"나는 海印寺 사는 중인디 松廣寺 칙간이 하도 높다기에 얼매나 높은가 그 칙간 귀경 허로 가오!"

"그래요. 나는 松廣寺 사는 중인디 海印寺 가매솥이 하도 크다기에 그 솥 귀경허로 海印寺로 가고 있소. 그런디 海印寺으 가매솥이 대체 얼마나 크오?"

"크기야 픽 크지요. 얼매나 크다고 말히야 헐지. 동짓날이 되면은 그 가매솥에다 폴죽을 쑤는디 폴죽이 기냥 두면 눌어붙으닝개 이것을 저야 합니다. 이 폴죽을 눌어붙지 않게 허니라고 배를 타고 돌아댕김서 젓넌디 이쪽에서 저쪽꺼지 젓임서 갈라면 한 사날 걸립니다. 그런디 松廣寺 절 칙간 높이는 얼

1  임석재 전집, 1921年 3月 井邑郡 井邑面 氏橋里 朴孝子(男) 구술

매나 높소?"

"松廣寺 칙간 높이가 글쎄 얼매나 높다고 헐까요. 우리 주지 스님이 재작년 정초에 뒤 본 똥이 아직 밑으로 떨어지는 소리를 못 듣고 松廣寺를 떠났어요."

## 서울의 나랏님께서

'피양에선 굶어 죽는 사람이 하도 많다기에 내가 가서 보고
좀 도와주어야 쓰것다'하고 나섰더니
피양에선,
'서울 거리엔 거지 떼가 하도 많다는데 그들을 잘 먹고 잘살
게 해방시켜야 된다'고 날마다 법석이거든.

이 어찌 된 영문인가
가매솥이 크다는 소문도 좋고
칙간이 높다는 소문도 좋고
다 좋은데, 좋은 것이 좋은데
50년을 소문으로만 흘러가니
그럼 직접 가서 확인합시다
먼저 피양에 간 서울 나랏님
융숭한 대접받고 돌아오며
'서울 答訪'을 꼭 꼭 약속받아 왔것다
헌데
아직도 못 오는 이유가 뭐여?
못 올 수밖에 없지

왜?
서울엔

집집이 핵(核)가족이요
먹였다 하면 칼국수[1]인데
목이 열이래두 못 오지
술집마다
폭탄주를 준비하고
뒷골목 골목에
대포집이 포진하고
거리마다 총알택시가 달린다니
아! 피양동무
목이 열이래두 못 오지

1  김영삼 대통령은 청와대 손님에게 주로 칼국수를 대접했음

# 오동나무의 인격

西山大師[1]

넷날에 묘향산에 서산대사라는 유명한 중이 있었넌데 이 중
이 세상을 떠날 적에 그에 데자[2] 사명당보구 "내가 죽거던 내
시테[3]를 사람덜이 모르는 곳에다 묻구 그 머이[4] 우에는 오동
나무를 심어 두라. 그 오동나무레 살아 있던 동안에는 나는
죽었어두 살아있넌 거루 알라" 하구 유언했다구 한다. 그래
서 사명당은 스승으 유언대루 서산대사에 시테를 사람덜이
모르는 곳에 묻구 그 머이 우에 오동나무를 심어 놨넌데 그
오동나무는 오늘날에두 죽지 않구 잘 살구 있다구 한다.


허세를 버리고 물욕을 버리고
죽어 오동나무로 살아남은 人格이로다
겸손, 순리를 좇는 인간
죽어서 더욱 빛남일세
권력, 욕망, 명성 다 부질없어라
화려한 단풍이 질 땐 아쉬움이 남고
서슬 퍼런 권력이 질 때 홍진비래(興盡悲來)라

---

1  1934년 7월 定州郡 安興面 安義洞 吳裕泰, 『임석재 전집』에서
2  제자
3  시체
4  무덤

인격의 죽음,
무일푼의 털털이
육신의 죽음을
세상은 손가락질하네
오동나무여, 오동나무여
오래오래 살아 이 땅을 지켜주소서

모택동이 반대파를 숙청하면서 일갈(一喝)했던 것,
그게 문화대혁명의 칙령(勅令)이었다는구만

# 누가 오나 누가 오나

## - 미나리요

미나리는 사철이요
장다리는 한철이네[1]

민심은 사철이요
권세는 한철이네
정비(正妃)는 영원하고
후궁(後宮)은 유한하네
문민정권 그냥 가더니
국민의 정권도 이제 가누나
五年 세도 무상 무상
가는 정권 발목 잡지 마라
오는 정권 부정 탈라
누가 오나 누가 오나
흑색선무(黑色宣撫) 난무하니
민심만 갈기갈기
미나리 밭에 희망을 심고
장다리밭의 무우씨 받아

---

1   여기서 장다리는 장희빈을 뜻하고 미나리는 인현왕후를 뜻합니다. 장다리는 키
   가 크지만 한 철만 살아 있으므로 얼마 못 가 시들게 되고, 미나리는 사철 내내
   살아 있고 얼음장 밑에서도 살아남으므로 한결같이 진실된 마음이 있어 생명력
   이 끈질기다는 것입니다. 고로 이 가사의 뜻은 '장희빈은 얼마 못 가 왕후 자리
   에서 쫓겨날 것이고 다시 인현왕후가 왕후 자리에 복귀할 것이다'라는 거죠.

오시라 오시라

재 너머 사래[2] 긴 바틀 언제 갈려 하느니[3]

누가 오나 누가 오나

사철이 한철 되고

한철이 사철 되네

2  이랑
3  조선 후기의 문신 남구만(南九萬)의 시조의 일부

# 샘물소리

## 육갑(六甲)허는 소리[1]

신부(新婦)가 가매를 타고 시집을 가넌데 가다가 오줌이 매리
워서 오줌을 누넌데 신부는 여자이니까 남자들처름 밖에 나
와서 누지 못하지요. 그래 가매 안에서 놋요강을 놓고 오줌
을 눕니다. 오줌 누넌 소리를 이래에 들어보면 육갑하넌 소
리가 나요. 육갑을 어떻게 하냐 하면 처음에 '수으르르르 갑
술(甲戌)'이라거든요. 게 여자 오줌 누넌 소리가 그러찮소. 요
강에 누니까 감수르르르하지요. 그러다가 을해을해을해해(乙
亥乙亥乙亥亥)해요. 그러다가 끝판에 가서는 병자정축병자정
축(丙子丁丑丙子丁丑)이라거던요. 마칠 때 들어보세요. 병자정
축병자정축이라지요. 그래 여자가 오줌 누는 소리를 가만히
들어보면 육갑하는 소리지요.

육갑헌다고?
에잇, 그런 소리 걷우시오.
신선한 소리
이른 아침, 당산에 까치소리
삼복 대청마루에 여치소리

---

1  〈육갑하는 소리〉는 강원도 명주군 구정면 제비리 최돈구(남. 1975. 11. 11) 구술.
   임석재 전집 『한국 구전 설화 4』에서

나는 순결하다 나는 순결하다

자연을 향해

새 애기가 동정(童貞)을 선포하는

의식(儀式)이라고

따가운 햇빛도

뭉게 구름도 다 풀어내는

샘물소리

감수르르

경쾌한 순결의 노래

신선한 노래지요.

# 비비쫑[1]


연장을 소에 메우고
아지랑이 밭을 건널 땐
종달아, 너는 기뻐
요리조리 비-비
요리조리 비-비
소프라노로 노래하니,
그건 무슨 노래인가
내가 공중에 떠서 보면
바람에 수줍어
소리 없이 흔들리는 실버들처럼
들녘을 적시는 봄비에 흥이 나지요
농사철이 왔다고
골마다 들마다
씨앗 뿌리는 농부의 귓부리에
봄의 교향악을 들려주려
즐겁게 노래 부르지요
벌써 봄의 축제는 벌어졌네
요리조리 비-비
요리조리 비-비

1   중국 민간문예연구회 연변문학 편 『민간문학자료집』에서. 수집자 : 정영석. 구
    술자 : 김규찬(연변 훈춘현, 1979. 2.)

웃자란 보리밭
그 가에 돋은 질경이 풀
워-워-
소몰이도 신명난다
종달이와 함께라면

# 통, 통타령

**통타령**[1]

통골 통생원으 아들 통도령이 통훈장네 서재에서 통감으 강
하다가
초통1)에 불통이 돼서 대통에 골통으 맞어 대갈통이 올통볼
통
분통이 터저서 두 발으 통통.

李통 朴통 崔통 全통 盧통 金통 金통
쫓겨서 망명가는 李통
제 명에 못간 朴통
감옥으로, 백담사로 도통하러간 全통
小통 믿고 도끼자루 썩는 줄 몰랐던 金통
햇볕정책에 그늘진다고 반통일, 수구집단으로 옥죄는 金통
통으로 삼켜도 시원찮은 5년통이라
5년통이 원쑤로다
이 다음엔 어느 대통령 환자가 출마할꼬
쯧쯧
물어보면 그냥
통타령이나 엮어 보세요

---

1  〈통타령〉은 함남 함흥군 안용호(1944. 5.)의 구술. 임석재 전집 『한국 구전 설화
4』에서

하하 호호 웃어넘겨요

# 종다리의 권농가

보리고개 넘어 갈 젠
하늘이 노랗도록 배가 골아서
혼곤한 육신을 세워
한걸음 두걸음 들로 나서니
거기 아지랑이 피어오르네
골짜기에 녹아 흐르는 골 물소리가
머리를 때리고
하늘의 종다리들이
지줄지줄 비잇-
지졸지졸 삐이
심장을 때리네
농사꾼들은 다 나와라
나와서 밭갈이하세.